한국 희곡 명작선 153

산난기(産難期)

한국 희곡 명작선 153

산난기(産難期)

송천영

평민사

송천영

산난기(產難期)

등장인물

소녀
소년
딜러
여자
남자

무대

철거 공사 직전의 낡은 집 내부. 입주민들은 모두 퇴거해 사람의 흔적이 보이지 않는다. 벽면에 커다랗게 뚫린 창문의 샷시는 먼지가 쌓여 쇠의 질감이 거의 느껴지지 않는 흙색이고 유리는 깨어져 금이 갔다. 이따금 바람이 불면 찢어진 방충망과 공사장의 모래 분진이 창문 틈으로 넘실거린다. 매트리스, 더러운 이불, 베개, 옷가지들과 먹다 버린 인스턴트식품 껍질 같은 쓰레기들이 바닥에 널려있다. 누런 종이상자들이 그 주변을 채워 제법 아늑하다.

소녀, 매트리스에 누워있다. 소년, 아무 의식 없이 등장한다. 일상적인 귀가 행동을 하다가 문득 소녀를 발견한다.

소년 누구세요? 누구시냐고요? (소녀를 알아보며) 야, 너!

소녀 (여유롭게 일어나며) 오랜만이다 딱새야.

소년 너 뭐냐?

소녀 이런 데도 사람이 사네.

소년 너 뭐냐구.

소녀 나 여기서 좀 지내자.

소년 가출했냐? 가라.

소녀 마실 거 없냐?

소년 가서 엄마한테 잘못했다고 빌어.

소녀 마실 거 없냐구?

소년 없어, 없어, 없어!

소녀, 소년을 향해 바로 돌아선다. 볼록하게 올라온 소녀의 배가 보인다.

소년 야 너 배가 왜 그래?

소녀 나 아기 가졌어.

소년 (놀라서) 씨발!

암전.

무대 밝아진다. 그사이 그들의 집에는 자질구레한 살림살이들이 늘어나있다. 소녀, 모의고사를 풀고 있다. 창문 너머로 공사장의 소음이 불규칙하게 들려온다. 소년, 의자 하나를 주워 들어온다.

소년 참새야, 참새야.

소녀 너 왜 자꾸 나한테 참새라 그래?

소년 짜잔, 이것 봐라.

소녀 뭐야?

소년 널 위해 준비했어.

소녀 사왔어?

소년 오다 주웠다.

소녀 자꾸 주워오지 말라니까 이것도 주워오고 저것도 주워오고. 여기 있는 거 다 쓰레기잖아.

소년 쓰레기라니 이렇게 멀쩡한데. 이거 어디에 둘까?

소녀 (위치를 잡아주며) 저기.

소년 저기?

소녀 아니 저기.

소년 아, 여기.

소녀 어.

소년 한 번 앉아봐.

소녀 ….

소년 한 번 앉아 보라니까 어서.

소녀 알았어.

소녀, 조심스럽게 의자에 앉아본다.

소년 어떠냐? 괜찮지?

소녀 뭐 나쁘지 않네.

소년 가만히 있어봐. 내가 동화책 읽어줄게.

소녀, 싫다는 듯 일어난다.

소년 가만히 있어보라니까. (태교음악을 틀고, 동화책을 읽는다) 먹이를 입에 물고 돌아온 어미새는 깜짝 놀라서 물었어요. 넌 누구니? 엄마 저예요. 내가 왜 네 엄마야? 둘째야 얘 누구니? 엄마 막내에요. 얘가 막내라구? 네 엄마 저에요. 방금 깨어났어요. 내가 태어났어요. 드디어 해냈어요!

소녀 (음악을 끈다) 너 언제 끝나?

소년 거의 다 읽었어.

소녀 그거 말고, 정학. 언제 끝나냐고.

소년 무기정학이라니까, 무기. 무기 몰라? 기다려봐야 모른다는 거지. 기한을 알 수가 없다.

소녀 자랑이다.

소년 (음악을 튼다) 얜 우리랑 하나도 안 닮았는데…, 그러네요 엄마. 네가 정말 우리 막내라구? 엄마 저에요 막내라구요.

소녀 (음악을 끈다) 시끄러.

소년 (음악을 튼다) 아무래도 이상한데, 너 울어봐. 네? 울어보라구 어서! 떡꾹! 떡꾹! 둘째야 너두 울어봐. 짹! 짹! 거봐 이상하다니까. 너 누구니?

소녀 (음악을 끈다) 시끄럽다고.

소년 엄마, 내가 시끄러워요? 뻐꾹! 뻐꾹! 짹! 짹!

소녀 배 땡기니까 좀 닥치라구!

소년 배 땡겨? 발로 막 차? 태동이 느껴져?

소녀 아니.

소년 근데 왜 배가 땡기지? 내가 좀 볼까?

소년, 소녀의 배를 만져보려 한다.

소녀 너 죽을래!

소년 숨 한 번 들이쉬어.

소녀 너 자꾸 옆에서 걸리적거릴래?

소년 빨리 따라해. 크게 들이쉬고. 어서 빨리.

소녀, 귀찮은 듯 숨 한 번 깊게 쉬고 내뱉는다. 소년, 자기가 더 열심히 호흡을 고른다.

소년 오케이 잘했어. 이제 괜찮지?

소녀 더 땡겨. 이젠 골까지 땡겨!

소년 이상하다, 왜? 그럴 리가 없는데? 안정이 찾아와야하는데.

소녀 너만 입 다물면 마음의 안정이 올 거 같은데?

소년 …

소년, 멀뚱멀뚱 앉아있다. 소녀, 계속 공부한다.

소년 넌 공부가 재밌냐?

소녀 공부를 재미로 하냐?

소년 재미도 없는 걸 뭘 그렇게 열심히 하냐.

소녀 너처럼 안 되려고 그런다.

소년 오케이.

쿵쿵거리는 진동이 울리면서 천장에서 시멘트 가루가 후드득 떨어진다.

소녀 공사 시작한 거야?

소년 아니 그럴 리가 없지.

소녀 그럼 이 소린 뭔데?

소년 아니라니까. 공사 시작하려면 아직 석 달은 더 있어야 돼.

소녀 나가서 확인해봐.

소년 확실하다니까 여기까지 오려면 한참 남았다니까.

소녀 불안하잖아.

소년 아, 알았어. (확인하고 온다) 고물상 집게차가 고철 주워가는 거야, 됐지?

공사 소음, 집게차 움직이고 덜컹 소리 계속난다. 소녀, 불안한 듯 계속 돌아다닌다.

소녀 주변 다 밀고 여기 하나 남았어.

소년 얼마나 다행이냐.

소녀 넌 안 불안해?

소년 거참 창문 닫아줘? (닫는다)

소녀 아니.

소년 신경 쓰인다며.

소녀 답답한 거 딱 질색이야. 음악이나 틀어!

소년 으 개떡 같은 년. 더럽게 까칠해. (음악을 튼다)

소녀 죽는다!

소년 아가야 아빠가 음악 틀어줄게.

소녀 누가 아빠야? 죽고 싶냐.

소녀, 다시 문제집을 푼다. 집게차 소리가 사라진다.

소년 갔나보다.

소녀 배고파.

소년 배 아파?

소녀 고프다고.

소년 아! 라면 먹을래?

소녀 밥 먹고 싶다 오믈렛 같은 거.

소년　오플렛? 오플렛이 뭔데?

소녀　볶음밥에 얇고 폭식 폭신한 달걀 씌운 거.

소년　우리 중국집에서도 볶음밥에 달걀 마는데. 계란후라이는 중국집이 최고다. 기름에 튀겨서 기가 막히지. (음악을 끈다) 라면 먹자.

소녀　안 먹어.

소년　배고프다며?

소녀　안 먹는다고.

소년　끓이면 먹을 거지?

소녀　….

소년　진짜 안 먹어?

소녀　….

소년　그럼 나 혼자 먹는다.

소녀　계란 있어?

소년　있지!

소녀　노른자 터트리지 마.

소년　오케이. 내가 우리 아가를 위해 특별히 계란 하나 넣어 줄게.

소녀　누가 우리 아기야. 진짜 죽여 버린다!

소년, 라면 끓이러 간다. 소녀, 방 안을 서성인다. 소년은 낡은 가스버너와 냄비, 달걀을 들고 나온다. 익숙하게 자리를 잡고 라면을 끓인다.

소년 불안해할 거 없어. 기한이 정확히 있는 거야. 뱃속의 아이도 여기도. 난 기한이 없지만.

소녀 그래도 혹시 모르잖아.

소년 원래 안에 사람 있으면 못 부셔.

소녀 우리가 안에 있는지 아무도 모르잖아.

소년 다 확인해. 집은 절대 함부로 못 부셔.

소녀 네가 어떻게 알아. 숨어 사는 주제에.

소년 지는 얹혀사는 주제에.

소녀 아무튼.

소년 사람이 사는데 젤 중요한 게 뭐냐. 입고 먹고 자는 거 아냐? 이 세 가지는 절대 함부로 하면 안 되는 거야. 사람을 위해 옷을 짓고 밥을 짓고 집을 짓는 거라고. 우리 신부님이 그랬어. 다 사람을 위한 거라구.

소녀 이게 무슨 집이야.

소년 사람이 살고 있잖아. 사람 살면 집이야. 너랑 나, 뱃속 아가까지 셋이나 살고 있는데 어떻게 부시냐.

소녀 ….

소년 근데, 잠깐 나간 사이에 부실 수도 있어. 그니까 네 집이다 생각하고 잘 지켜.

소녀 벽지 새로 붙이구 가구 새로 들여놓으면 나쁘진 않겠다.

소년 도배 새로 해줄까?

소녀 됐거든 그냥 해본 말이야. 호박에 줄 긋는다고 수박 되냐. 어차피 헐릴 거.

소년 해준대도 지랄이야.

소녀 우리 집 아직도 재래식 화장실 쓴다. 다섯 집이 다 같이 써. 문도 안 잠겨. 밖에서 발소리만 나도 심장이 두근두근 거려. 아기가 그런 화장실에 얼마나 무섭겠어.

소년 가서 문고리 고쳐줘?

소녀 내가 엄마가 되려면 화장실이 있어야 돼.

소년 문 앞에서 기다려주면 되지 다 쌀 때까지. 엄마는 그런 거야.

소녀 네가 뭘 알아?

소년 우리 엄마는 그랬어. 여기 원래 이 동네에서 제일 좋은 집이었어. 여름엔 따뜻하고 겨울엔 시원하구.

소녀 그걸 네가 어떻게 알아?

소년 그냥 알아. (라면을 들고 탁자에 올린다) 와 씨발 존나 뜨겁다, 씨발 개뜨겁네.

소녀, 소년의 머리를 때린다. 소년, 반응도 없다.

소녀 욕 좀 그만해.

소년 미안, 먹자.

소년, 소녀에게 라면을 먹여준다. 소녀, 묵묵히 라면을 받아먹는다.

소년 참새야 맛있냐?

소녀 내가 왜 참새야.

소년 먹는 게 참새 같애. 난 딱새, 넌 참새 여기는 우리 둥지.

소녀 참새는 멍청해. 난 똑똑하거든?

소년 맞아 멍청하지. 참새는 지 둥지에 다른 새가 알 까놓고 가면 지 새낀 줄 알고 품는대. 붕신 같지?

소녀 라면이나 먹어 무식한 딱새야.

소년 어! 아 남의 둥지에다 알 까는 새가 있는데 뭐였더라, 아 알았는데….

소녀 뻐꾸기.

소년 그래 뻐꾸기. 뻐꾹 뻐꾹!

소녀 아, 시끄러!

소년, 라면을 저으면 그 안에서 삶은 달걀이 나온다. 젓가락으로 찍어서 소녀에게 준다.

소년 노른자 안 터트렸지롱.

소녀 누가 삶아 달래?

그것도 맛있게 먹는 소녀. 소년, 그 모습을 빤히 본다.

소녀 아, 목 막혀.

소년 (물 떠다주며) 너랑 이렇게 될 줄은 몰랐는데.

소녀 이렇게 된 게 뭔데?

소년　에이 다 알면서.

소녀　뭐래.

소년　애들은 다 너 유학 간 줄 알더라.

소녀　….

소년　쌤도 그러던데.

소녀　그래서?

소년　너 나랑 이렇게 지내는 거 알면 애새끼들 다 깜짝 놀랄 걸.

소녀　너 입만 뻥끗해봐.

소년　너 지금 내 입이 얼마나 근질거리는지 아냐.

소녀　이게 진짜!

소년　뽀뽀나 한 번 하자.

소녀　이게 어따 주둥이를 디밀어!

소년　존나 재수 없는 범생인 줄 알았는데. 비닐하우스의 장미 같은 년. 아, 따가워!

소녀　온실 속의 화초? 뭐 그런 말 하고 싶은 거냐?

소년　아니 찜질방의 선인장.

소녀　가서 잘못했다고 빌어.

소년　남잔 절대 빌지 않아! 무릎은 꿇어.

소녀　그럼 가서 무릎 꿇어.

소년　나 학교 가면 넌 어쩌구?

소녀　내 걱정할 거 없어.

소년　더블로 받고 방학까지 쭉 쉬어야겠다. 나 일 가면 심심하지. 티비 하나 훔쳐다줄까.

소녀 정학 당하는 게 그렇게 좋냐?

소년 좋지. 난 남들 수업시간에 교복 입고 싸댕기는 게 제일 재밌다. 딴 학교 가서 운동장 벤치에 앉아있으면 애들이 창문에 붙어서 막 쳐다봐.

소녀 그게 재밌어?

소년 어 난 재밌던데.

소녀 남들 구경거리 되는 게 재밌냐?

소년 아닌데 아닌데. 내가 걔네들 구경하는 건데.

소녀 넌 학교 왜 다녀?

소년 밥 먹으러. 밥 주잖아.

소녀 밥은 중국집에서도 주잖아.

소년 거긴 반찬이 단무지밖에 없어.

소녀 차라리 그냥 때려치지 그래?

소년 졸업은 해야지.

소녀 졸업할 생각은 있어?

소년 깊게는 생각 안 해봤어.

소녀 졸라 한심하다 진짜.

소년 너는 엄마가 돼가지고 졸라가 뭐냐 졸라가. 이래서 백날 영어 수학 공부해봐야 아무짝에도 쓸모가 없다니까. 똑바로 가르쳐야지 존나, 존나. 그치 아가야.

소녀 똥을 싼다.

소년 자!

소년, 소녀에게 육아백과를 건넨다.

소녀 저리 치워.

소년 엄마 아무나 하는 거 아냐.

소녀 나 엄마 될 생각 없거든.

소년 야 조용히 해, 애가 들어. 엄마도 공부가 필요하다구.

소녀 저리 치우라구! 누가 엄마 하고 싶대!

소녀, 육아백과를 집어던진다.

소년 그럼 왜 그런 건데?

소년 ….

소년 너처럼 똑똑한 기집애가 왜 그런 거냐구?

소녀 그냥.

소년 그냥이 어딨어 그냥이? 정자랑 난자가 만나야 애가 생기지, 해야지? 안 하면? 애가 생기냐!

소녀 미친 새끼. 정자랑 난자가 만나기만 하면 애가 생기냐?

소년 당연하지 하늘을 봤으니까 별을 땄지.

소녀 집이 있어야지. 집이 있어야 애가 생기지.

소년 뭔 개소리야. 그럼 집 없는 사람은 애도 못 낳냐?

소녀 말을 말자.

소년 그렇게 잘난 기집애가 그게 뭐냐 그게. 요즘 콘돔이 얼마나 발전했는데.

소녀　병신아. 콘돔을 내가 끼냐?

소년　했네 했어. 발랑 까져가지구.

소녀　진짜 죽여버린다!

소년　그러니까 왜 그랬냐구?

소녀　….

소년　이유가 있을 거 아냐!

소녀　생리하기 싫어서.

소년　생리하기 싫어서 임신을 했다구?

소녀　그래. 나 공부해야 되는데 생리하는 거 싫어서.

소년　이거 미친년이네. 생리하기 싫어서 임신을 한다는 게 말이 되냐.

소녀　왜 말이 안 돼? 넌 뉴스도 못 봤어? 생리대 살 돈 없어서 신발 밑창 까는 거. 임신하면 생리 안 해.

소년　야! 이 미친년아!

소녀　그럴 바에는 차라리 애를 낳는 게 나. 안 먹어도 배부르고 배부른 열 달 동안은 괜찮으니까.

소년　말 같지도 않은 소리 하지 마.

소녀　네가 생리를 해봤냐. 배가 얼마나 아픈데.

소년　와 씨발. 말을 말자. 그래 얌전한 고양이가 먼저 새끼 까는 거지.

소녀　무식한 새끼.

소년　공부만 잘하면 뭐해. 세상 물정을 이렇게 모르는데 내가 이래서 공부 안 한다니까.

소녀 너보다 잘 알거든?

소년 됐고! 누구냐?

소녀 꺼져.

소년 애아빠 누구냐고?

소녀 몰라.

소년 왜 몰라.

소녀 없어.

소년 왜 없어?

소녀 없으니까 없지.

소년 아빠가 없는데 어떻게 애가 생겨! 네가 예수냐, 아니 얘가 예수냐!

소녀 어. 얘는 예수고 나는 마리아다.

소년 아 씨발. 애아빠 누구냐고.

소녀 네가 그게 왜 궁금해.

소년 너 애 낳다 뒈지면 애아빠한테 전화해주게!

소녀 너한테 장례 치러 달라고 안 할 테니까 신경 꺼.

소년 번호 줘봐.

소녀 ….

소년 번호 달라니까.

소녀 ….

소년 그냥 번호만 달라고.

소녀 ….

소년 너 조건 뛰었냐?

소녀　조건?

소년　그래 조건.

소녀　….

소년　너 맨날 톡하고 전화하는 그 새끼지!

소녀　모르면 좀 가만있어 괜히 아는 척 오지랖 떨지 말구.

소년　나도 애아빠가 누군지 정도는 알 권리 있는 거 아냐. 병원 갈 때도 맨날 내가 보호자로 가잖아. 간호사들이 나 꼬나 보면서 사고 친 고삐리라고 쑥닥거리는 거 존나 짜증나는 거, 너 모르지?

소녀　아무도 너 고삐리로 안보거든?

소년　에이 시팔! 나도 그 정도 권리는 있는 거잖아.

소녀　돈 많은 사업가야.

소년　뭐?

소녀　애아빠. 돈 많은 사업가라고.

소년　무슨 사업?

소녀　네가 말 하면 아냐?

소년　알든 모르든 내가 알아서 할 테니까, 일단 말이나 해봐!

소년　실버만삭스 인터내쇼날 코리아 치프 이그젝큐티브 오피셔!

소년　… 좋은 일 하네. (사이) 몇 살인데?

소녀　….

소년　유부남이지?

소녀　나 너한테 더 설명하고 싶지 않거든.

소년 알았어. 그만하자.

긴 사이.

소녀 배 아파.

소년 똥 싸.

소녀 똥배 아냐.

소년 그래서 나보고 어쩌라구.

소녀 누가 어쩌래 그냥 그렇다구.

사이. 소년, 일어나서 나가려 한다.

소녀 어디 가?

소년 어디 가긴 배달가야지. 나 일 나가면 어디 번호 하나 적어 놔. 너 콱 뒈지면 내가 연락해줄 테니까.

소녀 이게 왜 자꾸 죽는데? 나 안 죽어!

소년, 소녀에게 삶은 달걀을 꺼내준다.

소년 배고프면 먹어. 가게에서 삥리 깐 거야.

소녀 됐거든.

소년 너 말고 아가 주라구. (나간다)

소녀 … 삼선볶음밥.

소년 뭐.

소녀 계란후라이 올려서.

소년 미친년…, 주문 들어오면 털어올게.

소녀 또 걸리면 퇴학이야.

소년 내가 누구냐. 딱 찝으면 눈 깜짝할 새 뽀리는 딱새! 그게 나야. 넌 집이나 잘 지켜! 간다!

소녀 조심해 걸리지 말고.

소년, 퇴장한다. 혼자 남은 소녀의 시간. 소녀, 삶은 달걀을 먹으며 소년이 읽고 있던 동화책을 의미 있게 넘겨본다.

소녀 먹이를 입에 물고 돌아온 어미새는 깜짝 놀라서 물었어요. 넌 누구니? 엄마 저에요. 내가 왜 네 엄마야? 엄마 저예요. 방금 깨어났어요. 내가 태어났어요. 드디어 해냈어요. 목 막혀, 목 막혀, 목 막혀….

소녀, 흐느껴 운다. 암전.

무대 밝아진다. 딜러가 들어 와있다. 짧은 머리에 정갈한 검은색 정장차림, 커다란 보스턴 가방과 미역을 들고 있다.

딜러 이런 곳에서도 사람이 사네요. 오랜만입니다.

소녀 한 번에 잘 찾아오셨네요.

딜러 찾고 말고 할 것도 없던데요. (미역을 건넨다)

소녀 뭐예요?

딜러 미역입니다.

소녀 뭐 마실 것 좀 드릴까요?

딜러 시원한 걸로 한 잔 부탁드립니다.

소녀 없어요.

딜러 왜 물어본 거죠?

소녀 예의상.

딜러 예의요?

소녀 보통 이런 경우 예의상 거절하잖아요. 예의가 없으시네요.

딜러 어떻게 이런 곳에서 지내는 거죠?

소녀 마음에 들어서요. 편하기도 하고,

딜러 벽 있고 지붕 있어서 바람이야 막아주겠지만, 건물 내 권장하는 실내 온도, 습도 기준치 넘어갑니다. 곳곳에 불쾌한 냄새도 나는군요.

소녀 원래 이 동네에서 제일 좋은 집이었데요.

딜러 저기 보이는 게 북한산인가요?

소녀 아뇨 그냥 뒷산이에요.

딜러 사각지역에 바퀴벌레에 거미까지 서식하고 있어요. 위생이 엉망입니다.

소녀 심신의 안정이 제일 중요하다구, 아저씨가 그랬잖아요. 여기 있으면 스트레스가 없어요.

딜러 그동안 아무런 간섭도 하지 않았습니다. 인권 예의 허용 그런 차원에서.

소녀 여긴 화장실이 있어요. 갈수록 오줌이 자주 마려워서.

딜러 (벽을 툭툭 쳐 보고) 불안하네요, 언제 무너질지.

소녀 불안해하지 마세요. 3개월은 넘게 남았대요 철거까지.

딜러 돈 받으셨잖아요. 충분히 더 좋은 숙소를 구할 수 있었을 텐데요.

소녀 돈을 어떻게 쓰는 지야 내 마음이죠.

딜러 그 돈에는 일종의 산모로서 품위 유지비가 포함되어 있는 겁니다.

소녀 아저씨는 그 돈 다 어디다 쓰는데요?

딜러 무슨 말씀이시죠?

소녀 아저씨도 품위 유지 좀 하세요. 구두도 하나 사세요, 넥타이도 좀 바꾸고 절반 챙기셨잖아요. 저도 다 알아요.

딜러 그건 원칙상의 금액입니다.

소녀 원칙이 어딨어요. 저 미성년자인건 아시죠?

딜러 쓸데없는 말장난은 사양하겠습니다.

소녀 말장난 아닌데.

딜러 레지던스 알아봐 드릴까요?

소녀 비용은 아저씨가 내주시는 건가요?

딜러 제가 왜?

소녀 고맙습니다.

딜러 좋은 조건으로 소개는 해드리죠. 특별히 저희 업체에서 보유하고 있는 곳으로 연결해드리겠습니다.

소녀 필요 없어요.

딜러 식사는 제대로 하십니까?

소녀 그럼요. 맨날 뒤돌아서면 배고파요. (뒤돌았다가 잔망스럽게) 아, 배고파!

딜러, 바닥에 아무렇게나 버려져있는 인스턴트 껍질들을 본다.

딜러 인스턴트의 과다한 섭취는 태아에게 아토피와 같은 피부병을 유발할 수 있죠.

소녀 주의하고 있어요.

딜러 다행히 혈색은 좋아 보이는군요. 팔 좀 걷어보시겠어요?

소녀 그 전에 지난번에 제가 부탁드린 건 어떻게 됐어요?

딜러 말씀하신대로 공기 좋은 곳에 산후조리원 2주 예약해두었습니다.

소녀 마음이 바뀌었어요. 산후조리 필요 없어요.

딜러 산모님께서 원하셔서 제가 별도로 겨우겨우 받아낸 겁니다.

소녀 그냥 돈으로 달라고 전해주세요.

딜러 산모님의 건강을 위해서도 출산 후 관리가 무엇보다 중요합니다.

소녀 500만 원.

딜러 너무 터무니없는 금액입니다.

소녀 600만 원.

딜러 산모님!

소녀 1000만 원.

딜러 불가합니다.

소녀 그럼 저 이 아이 안 낳을래요.

딜러 산모님!

소녀 얼른 전화하세요.

딜러 산모님!

소녀 지우죠 뭐. (배를 쓰다듬으며) 미안하다 아가야. 다 저 아저씨 때문이야.

소녀와 딜러, 서로 쳐다보며 잠시 기싸움. 딜러, 곧이어 전화통화를 한다.

딜러 접니다. 산모가 산후조리 비용을 현금으로 원합니다. 네. 마음이 바뀌었답니다. 아무래도 질풍노도의 시기인거 같습니다. 네 액수가 좀 크네요, 2000. 2천원이 아니라 2천만 원. 지우겠답니다. 그럼 1500까지 제가 한번 조율해보죠. 저만 믿으시면 됩니다. 예. (전화를 끊는다)

소녀 장사 잘 하시네요.

딜러 저도 땅 파서 장사 하는 거 아니니까.

소녀 고마워요.

딜러 아직 어린데 너무 돈만 밝히는 거 아닌가요?

소녀 아저씨도 돈 때문에 하는 거잖아요.

딜러 이제 팔 좀 걷어 보시겠어요?

소녀 유학 준비는 어떻게 되고 있는 거예요?

딜러, 가방에서 자료를 하나씩 꺼낸다.

딜러 기숙사 가기 전 입학 때까지 현지에서 지내게 될 숙소입니다. 아마 마음에 드실 겁니다.

소녀 좋네요. 화장실은요?

딜러 물론 준비되어 있습니다. 비데에 욕조까지. 이건 입학하실 학교, 이건 대학 추천서, 인턴증명서입니다.

소녀 맘에 들어요. 비행기표는요?

딜러 무사히 출산을 마치시면 바로 티켓팅 들어갈 겁니다.

소녀 퍼스트 클라스.

딜러 레이디는 퍼스트죠.

소녀 편도로 준비해주세요. 다신 돌아오지 않을 거니까.

딜러 모든 건 다 준비되어 있습니다. 산모님께서는 출산에만 집중하시면 됩니다.

소녀 가을에 바로 입학하고 싶어요.

딜러 가을 입학은 힘들 겁니다.

소녀 왜요?

딜러 출산 후 회복 시기와 기간이 겹칩니다.

소녀 출산 후 회복기간 따로 없이 바로 출국하고 싶어요.

딜러 산후조리 2주 끝나고 유전자 검사 확인까지 모두 완료된

후에 출국을 허락하셨습니다.

소녀 머리가 나쁘시네요. 산후조리 필요없다구요.

딜러 유전자 확인 후 바로 출국할 수 있도록 말씀드려보죠.

소녀 (고개를 저으며) 으~응, 지금. 지금하세요.

딜러, 한쪽으로 가서 통화를 한다.

딜러 접니다. 1500으로 조율했습니다. 워낙 막무가내이다 보니 쉽지 않았습니다. 그리구 출산 후 바로 출국을 원합니다. 네 네. 그래서 급식들은 함부로 건드리면 안 됩니다. 급식, 고삐리요 무슨 짓을 할지 모르니까요. 네 네 알겠습니다. 그것까지 포함해서 다시 조율하고 연락드리겠습니다. (소녀에게) 큰 문제는 없을 거 같습니다.

소녀 고마워요.

딜러 대신 옵션으로 제대혈을 원하십니다.

소녀 제대혈이요?

딜러 태반과 탯줄에 있는 혈액입니다. 혹시 모를 유전적 질환이나 가족력에 대비하기 위함이죠.

소녀 500만 원.

딜러 분명 옵션이라고 말씀드렸는데요.

소녀 600만 원. (전화하라는 제스처를 취한다)

딜러 (전화한다) 접니다. 산모가 옵션을 거부합니다. 그건 안 됩니다. 제가 해결하겠습니다. 원칙적으로 그건 절대 불가합니다. 1000입니다. 예.

소녀 제가 또 400만 원을 벌어드렸네요.

딜러 마지막으로 아이의 면역력 향상을 위해 모유수유를 원하십니다.

소녀 머리가 정말 나쁘시네요. 저 바로 출국할 거라니까요.

딜러 저 아이큐 100 넘습니다. 출산 후 바로 장시간 비행은 상당히 무리입니다. 모르세요? 머리가 나쁘시네요.

소녀 아무튼 싫어요. 그리구 저 아이큐 110 넘어요.

딜러 출산 후 불어 있는 유방을 그대로 방치하면 젖몸살에 걸릴 수 있습니다.

소녀 제 젖이에요. 신경 끄세요.

딜러 굉장한 통증을 느끼실 텐데요.

소녀 안 들리세요? 제 젖이라니까요.

딜러 리터당 2만 원 드리죠.

소녀 3만 원.

딜러 2만 5천원.

소녀 5만 원.

딜러 이건 정말 제가 사비로 처리해야 하는 비용입니다.

소녀 10만 원!

딜러 7만 원!

딜러의 전화벨이 울린다. 전화를 받는다.

딜러 예 지금 조율 중입니다. 네 제대혈 1000입니다. 더 이상은 어려울 것 같습니다. 모유는 아직 협의 중입니다. 네. 리터당 15만 원. 제가 어떻게든 10만 원까지 맞춰보겠습니다.

소녀 그럼 아저씨가 남는 게 없잖아요.

딜러 (조용히) 산모님 7 저 3.

소녀 아뇨 제가 10.

딜러 딜이라는 게 그렇게 무작정 밀어 붙인다고 되는 게 아닙니다.

소녀 (전화를 향해서) 우유 배달하듯이 깔끔하게 담아서 보내드릴게요.

딜러 (전화하며) 아, 아닙니다. 예. 더 낮추기 어려울 거 같습니다.

소녀 아저씨가 더 강하게 나가요!

딜러 제발 좀!

딜러, 조용히 하라는 제스처.

딜러 시가입니다 시가. 부르는 게 값이죠. 눈탱이 맞기 딱 좋습니다.

딜러, 가만히 통화를 듣는다.

딜러 아까도 말씀드렸지만 그건 안 됩니다. 저를 믿으세요.

소녀 에이 사람을 어떻게 믿어요. 돈을 믿는 거지.

딜러 아 거참, 저를 믿으셔야 한다니까요. 그럼 통화만 짧게,

소녀 왜요.

딜러 (핸드폰을 건네며) 한 번 받아보시죠.

소녀, 전화를 받는다.

소녀 여보세요. 네 안녕하세요. 잘 크죠, 엄청 건강하게. (듣다가) 음, 그럼 저 이 아이 안 낳을래요. 7개월이면 아직 가능하대요.

딜러 산모님!

소녀 깔끔하게 정리해요 우리. 책임질 사람은 제가 아닌 거 같은데요? 인생 각자 사는 거죠. 저나 아저씨나 뱃속의 아이나. 선택은 그쪽에서 달린 거 같은데요. 지금요? 제가 보고 싶으신 거예요, 아이가 보고 싶으신 거예요? 굳이 오시겠다면 오시던가요.

딜러 안 됩니다.

소녀 네 거기 맞아요. 어차피 다 무너져있고 이 건물 하나 달랑 서 있어요. 근데 저야 상관없지만 얼굴 팔려도 괜찮으시겠어요? 얼굴 들이밀 만큼 떳떳하지 못하실 텐데요.

딜러 무슨 짓입니까!

소녀 잘 생각하셨어요. 역시 현명하시네요. 진작 그렇게 하셨어야죠. 100일만 기다리시면 돼요. 100일 후에 기적을 만나실 거에요. 100일만 참으면 곰도 사람이 된다잖아요.

소녀, 전화를 끊고 휴대폰을 딜러에게 건네준다.

딜러 상황을 곤란하게 만드시면 안 됩니다.

소녀 걱정 마세요. 그럴 용기 없는 사람들이에요 아저씨가 더 잘 알잖아요. 얘기 끝났으니까 돈이나 제대로 받아주세요.

딜러 그럼 이제 제 일을 좀 진행해 볼까요. 팔 좀 걷어보시죠.

소녀, 딜러에게 팔을 걷어 보여준다.

딜러 다행히 환경에 따른 알레르기 반응은 일어나지 않았네요.

딜러, 가방에서 청진기를 꺼낸다.

딜러 태동 체크 좀 하겠습니다. 단추 좀 풀겠습니다.

딜러, 소녀의 가슴과 배 위로 청진기를 올려 진찰한다.

딜러 됐습니다. 태동이 좀 약하네요.

소녀 그래요?

딜러 평소에 특이 증상은 없었나요?

소녀 없어요.

딜러 배가 땡긴다든가?

소녀 안 땡겨요.

딜러 갑자기 분비물이 많아졌다든가?

소녀 적당해요.

딜러 솔직하게 말씀해주셔야 합니다.

소녀 그런 거 없어요.

딜러 태동이 약해요. 조산기도 있는 거 같구.

소녀, 봉투 하나를 건넨다.

소녀 병원 검진 결과예요.

딜러 기형아 검사도 받으셨나요?

소녀 네 이상 없어요.

딜러 엑스레이, 혈액, 소변 검사, 양수 검사. 차트 상으로는 아무 이상 없네요.

딜러, 검진서를 사진 찍어 어딘가로 전송한다.

소녀 아저씨 때문이에요.

딜러 예?

소녀 아저씨 때문에 스트레스 받아서 그런 거라구요. 조금 있다가 다시 체크해 보세요.

딜러 좋습니다. 그렇게 하죠. (사이, 시간경과) 기다리는 동안 건강한 자연분만을 위해서 스트레칭을 가르쳐 드리죠. 제가 먼저 시범을 보여드리죠.

소녀 네 이쪽에서 하세요.

딜러 양팔을 어깨 너비로 벌립니다. 바닥에 손을 짚고 양 무릎은 골반 너비로 벌려 고양이 자세를 취해주시는 겁니다. 그 상태에서 등을 동그랗게 말아 올리면서 허리를 위아래로 움직이며 스트레칭 합니다. 여기서 가장 중요한 게 호흡입니다. 한 번 해보시죠.

소녀, 딜러와 함께 자세를 따라한다.

딜러 출산예정일은 8월 15일 광복절입니다. 건강한 출산이라면 예정일에 정확히 맞춰 진통이 올 겁니다. 100일의 기적 아실 겁니다. 100일만 하면 산모님의 몸은 바뀔 수 있습니다. 땀이 나네요. 마실 것 좀 없을까요?

소녀 없어요.

딜러 다시 한 번 해보시죠.

소녀, 딜러의 지시에 따라 호흡하며 스트레칭을 하는데 그림이 묘하다. 소년 등장, 한 손에는 철가방을 들고 있다. 신이 나서 뛰어들어온다.

소년 어이, 볶음밥 시키신 분! 계란 말린 삼선볶음밥 배달 왔습니다!

딜러 삼선볶음밥을 시키셨나요?

소녀 아뇨.

소년 (경직돼서) 뭐하냐 참새?

딜러 참새? 아는 사이인가요?

소녀 (일어서며) 아무 사이 아니에요.

딜러 남자가 있었네요?

소녀 그런 거 아니에요.

딜러 누구시죠?

소년 야 참새, 이 새끼 뭐냐?

딜러 관계를 가지셨나요?

소녀 그런 사이 아니에요.

딜러 기간 내 부적절한 관계는 엄격히 금하고 있습니다.

소녀 그냥 요 앞 중국집에서 배달하는 애에요.

소년 야! 넌 왜 남의 신상을 까구 지랄이야!

딜러 가출 청소년인가요?

소녀 이 집 주인이에요.

소년 야! 이 새끼 누구냐고! (전화벨이 울린다)

딜러 욕을 잘하시는군요. 일진이신가요?

소년 너 잠깐만 기다려!

소녀 그냥 돌아이에요.

소년 여보세요? 자금성 아니 배달전화에요

소녀 아무도 재는 안 건드려요.

소년 이거 배달 전화라니까요.

소녀 일단 무조건 갖다 박고 보니까.

소년 중국집에 전화하라고 그걸 왜 나한테 지랄이야!

딜러 확실히 어떤 면에서는 의지가 될지도 모르겠군요.

소년 중국집에 직접 전화하라니까 왜 말귀를 못 알아먹어?

소녀 절 좋아해요.

소년 여보세요! 여보세요! 이 새끼 끊었어! 아 빡올라!

소녀 그냥 식사 때 되면 밥 챙겨주는 요리사 정도로 생각하시면 돼요.

딜러 일종의 보디가드 정도로 생각하면 될까요?

소녀 아뇨 그냥 밥 주는 애에요.

소년 어이 아저씨 너냐? 이 새끼냐? 야 네가 우리 애 이렇게 만들었냐?

딜러 무슨 말씀이신지.

소년 네가 애 아빠냐구?

딜러 아닌데요.

소년 애 임신시키고 토낀 새끼가 너 아냐?

딜러 아닙니다.

소년 아니야? 씨발 그럼 넌 뭔데.

딜러 저는… 그러니까… 저는….

소년 내 집에서 뭐하는 거냐고.

소녀 그만해! 내 손님이야.

딜러 그래요 손님, 손님이라고 해두죠.

소년 손님?

소녀 그래 손님.

소년 너 지금 내 집에서 조건 뛰냐?

소녀 뭔 개소리야?

소년 씨팔 이년 진짜 보통 년이 아니네.

딜러 뭔가 오해가 있으신 것 같습니다.

소년 오해 같은 소리하고 자빠졌네.

딜러 전 조건을 할 만한 돈이 없습니다.

소년 너 이 새끼 잘 걸렸어. 민증 까봐. 민증 까보라구! 너 같은 새끼는 전자팔찌가 딱이야.

소녀 전자 발찌. 무식한 새끼야.

소년 그거나 그거나 아무튼. (딜러에게) 따라와!

소년이 달려들자 딜러, 가볍게 한 손으로 제압한다.

소년 아! 뭐야. 너 이 새끼 지금 나 쳤냐? 넌 오늘 뒈졌어. 너 내가 누군 줄 알어!

소녀 그만해! 신경 쓰지 말고 하던 일 마저 하세요.

소년 (전화벨 울린다) 여보세요? 예 사장님 가져다줬어요, 갖다 줬다니까요. (발끈하며) 그래 내가 먹었다 내가 먹었어. (전화를 끊는다) 와, 삼선볶음밥 하나로 날 잘라? 동네 중국집이 뭐 여기 하나냐? 내가 안 한다, 내가 안 해!

딜러는 그 사이 청진기를 꺼내 소녀의 태동을 듣고 있다. 소년은 문득 딜러 손에 들린 청진기를 발견한다.

소년 뭐하세요, 의사세요?

딜러 쉿.

소년 의사시구나….

딜러 태동이 조금 약하기는 하지만 일시적인 증상으로 보이네요.

소녀 네.

딜러 한 번 들어보시겠어요?

소녀 아뇨.

딜러 그래도 한번 들어 보시죠.

딜러, 소녀의 귀에 청진기를 꽂아준다. 소녀의 먹먹한 표정.

딜러 태아의 심장소리입니다. (심장소리가 들린다)

소녀, 냉큼 청진기를 뺀다.

딜러 어쩌면 예정일보다 조금 더 빨리 출산할 수도 있겠네요.

소녀 얼마나요?

딜러 확답을 드릴 수는 없지만 다른 부분에는 이상 징후가 보이지 않으니까 침착하게 지켜보기로 하죠.

소년 저기. 저도 한번 들어보면 안 돼요?

소녀 (화들짝하며) 네가 왜 들어?

소년 나도 한번만 들어보자.

딜러, 소년의 귀에 청진기를 꽂아준다. 콩콩 태아의 심장 소리가 들린다.

소녀 재를 왜 줘요?

소년 와 대박.

딜러 잘 들리세요?

소년 진짜 들려. 진짜 들리네!

소녀, 청진기를 치운다.

소년 와 존나 신기하다. 나 태어나서 이런 거 처음 들어 봐. 나 한번만 더 들어 보면 안 돼? 씨발!

소녀 욕 좀 하지 말라고 병신 새끼야. 왜 말끝마다 욕을 하고 지랄이야 지랄이! 씨발 너는 욕을 안 하면 말을 못하냐. 씨발 하지 말라면 하지 말 것이지 왜 말귀를 못 알아 처먹어. 이 멍청한 돼지새끼야. (소리치며) 씨발!

잠시 공기가 차가워진다. 어색한 사이.

소년 마실 것 좀 드릴까요?

딜러 없을 텐데요.

소년 요구르트 좋아하세요?

딜러 네.

소년 금방 뽀려올게요.

딜러 그럴 거 없습니다. 괜찮습니다.

소년 내 집에 온 손님인데 손님 대접을 이렇게 하면 안 되죠. 제가 딱새라고 해요 딱 찝은 건 눈 깜짝할 새 뽀린다고 딱새. 금방 뽀려올게요.

소년, 퇴장한다. 딜러, 사라지는 소년의 뒷모습을 한참 본다.

딜러 장애가 있네요.

소녀 네?

딜러 자신의 의지와 상관없이 욕을 하는 겁니다. 틱이죠.

소녀 아저씨 때문이에요.

딜러 네?

소녀 아저씨 때문에 쟤 스트레스 받아서 그런 거라구요. 저랑 둘이 있을 땐 안 그래요.

딜러 치료는 받고 있나요?

소녀 ….

딜러 뇌와 연결된 부분이니까 꾸준한 치료를 받는 게 좋습니다. 오늘은 이만 가보겠습니다. 다시 연락드리죠.

소녀 근데 아저씨.

딜러 말씀하시죠.

소녀 제가 한 번 볼 수 있나요?

딜러 누구를 말씀하시는 건지?

소녀, 자기 배를 만진다.

딜러 보고 싶으세요?

소녀 아뇨 보고 싶다기보다는.

딜러 분만실에서 잠시 보실 수 있을 겁니다.

소녀 앞에서 기다리고 있나요?

딜러 태아에게 특별한 이상이 없는 한, 아이는 분만과 동시에 다른 병원으로 옮겨질 겁니다.

소녀 그렇구나….

딜러 설마 모성애. 뭐 그런 애착이 생기신 건 아니죠?

소녀 그냥 어떻게 생겼을까 궁금해서. 순수한 호기심이에요.

딜러 순수? 머리는 좋은데 영리하진 않군요. 사진이나 동영상 등의 기록물은 일체 남길 수 없습니다. 혹시나 있을지 모를 사고를 미연에 방지하기 위해 추후에도 아이와 접촉하실 수 없습니다.

소녀 혹시 산후조리원 들어가면 같이 있을 수 있는 건가요?

딜러 산후조리 필요 없다고 하신 걸로 기억하는데요.

소녀 그냥 물어 보는 거예요.

딜러 그냥. 분명 어떤 이유가 있지만 무언가 말하기가 꺼려질 때 우린 그냥이라고 말하죠.

소녀 그래서 하면요, 하면 같이 있을 수 있냐구요.

딜러 없습니다.

소녀 알겠어요.

딜러 아 참! 성별은 확인하셨나요?

소녀 아직 몰라요. 안 가르쳐주더라구요.

딜러 힌트를 줬을 텐데요. 왕자, 공주 뭐 그런 식으로.

소녀 보여주기 싫은가 봐요, 안 보여줘요.

딜러 아 그래요? 그런 경우가 있죠. 오늘 방문은 이걸로 마무리 하겠습니다. 수고하셨습니다.

그때 남자가 불쑥 집 안으로 들어선다. 딜러와 마주친다.

딜러 사장님?

남자 도대체 일처리를 어떻게 하길래 애를 지우네 마네 건방을 떱니까? (소녀를 발견하고) 이런 곳에서도 사람이 사네요. 애는 잘 크죠?

소녀, 조용히 뒷걸음질 친다.

딜러 여기 오시면 안 됩니다.

남자 아이 미안합니다. 제가 너무 경우가 없었죠. 대충 정리가 됐나요?

딜러 왜 이렇게 흥분을 하셨는지 모르겠지만 원칙적으로 구매자와 산모의 직접 대면은 불가하다고 제가 분명히 말씀드렸습니다.

남자 (계단을 향해) 뭐해!

여자 (목소리) 올라가잖아!

딜러 계약서 3조 1항을 어기셨습니다.

남자 미안하다니까요. 눈으로 확인 안 하면 불안하다고 와이프가 하도 그래서. 페널티 받을게요. 추가금액으로 청구하세요. 빨리 오라니까.

여자가 들어온다. 긴 코트에 높은 구두. 고급스러운 차림새.

여자 아 힘들어. 여기 맞아?

남자 그러니까 운동을 좀 하라니까.

여자 나 힐 신었잖아.

딜러 사모님.

여자 뭐야 이런 곳에도 사람이 사네.

남자 여기 좀 봐봐. 집들 다 무너져 있는 게 위에 내려다보니까 볼만한데?

여자 그러네. 오빠 우리 그리스 갔을 때 생각난다. 아저씨, 여기 재건축하는 거야?

딜러 그런 거 같습니다.

여자 오빠 이 동네 땅 사논 거 있어?

남자 살까?

여자 사자. 여기 완전 배산임수야.

남자와 여자, 집 보러 온 사람들처럼 내부, 외부를 살펴본다.

남자 20층 이상만 올라가면 강도 보이고 뷰도 나쁘지 않을 거 같네.

여자 완전 금 물어올 강남제비야. 내 촉이 그래.

남자 저기 보이는 산이 북한산인가?

여자 맞네. 그러네.

딜러 그냥 뒷산입니다. 여긴 어떻게 오신 겁니까?

여자 어떻게 오긴 뭘 어떻게 와요. 차 타고 왔지.

딜러 여기 오시면 안 됩니다.

여자 오라며? 아까 올 테면 오라며?

딜러 사모님.

여자 걔는 어딨어요?

딜러 사모님. 진정하시죠.

여자 너구나?

딜러 안됩니다. (딜러, 막아선다)

남자 이미 안면 다 텄어요. 그리구 제가 알아본 바로는 저희가 특별히 어렵게 해드린 것 같진 않습니다만, 24시간 일거수일투족을 감시하는 사람들도 있더라구요.

여자 그래 내 친구는 레지던스에 CCTV 달아 놓고 심심할 때마다 보더라.

남자 천박하게 그게 뭐하는 짓이야. 그에 비하면 저희는 굉장히 자유로운 편이라고 생각하는데요.

딜러 그건 그렇지만….

여자 비켜봐요! 안녕 만나서 반가워. 고등학생이라며. 내가 언니니까 말 놓을게.

소녀, 여자와 마주한다. 남자는 핸드폰으로 주식을 보고 있다.

여자 예쁘게 생겼네.

소녀 ….

여자 너 여기 사니?

소녀 ….

여자 너 아주 당돌하더라? 맘에 들어.

소녀 ….

여자 잠깐만 너 코했니? 했네. 이거 네 꺼 아니지?

소녀 ….

여자 눈은 네 꺼야? 네 꺼 아니지? 어디서 했어?

소녀 ….

여자 너 진짜 고등학생 맞아?

소녀 ….

여자 아저씨 얘 말 못해요?

소녀 고등학생 맞아요.

여자 말 할 줄 아네. 인형인 줄 알았는데, 오빠, 인형이 말도 해.

남자, 피식 웃는다.

여자 배 많이 나왔다. 애는 잘 크니?

소녀 …….

여자 어떻게 이런 데서 애를 키우고 있니? 돈은 돈대루 달라면서. (딜러에게) 얘 돈 안 줬어요? 아저씨, 삥땅쳤어?

딜러 줬습니다 정확하게.

여자 (지갑에서 돈을 꺼내주며) 얘! 당장 옮겨. 호텔을 잡든 어디 오피스텔이라도 들어가. (기침하며) 이 먼지 봐. 아, 얼굴 간지러워.

여자, 가방에서 미스트를 꺼내 얼굴에 뿌리고 손으로 부채질한다.

딜러 앞으로 한 달 정도만 여기에 머무르다 저희가 관리하고 있는 레지던스로 연결해 드리기로 했습니다.

남자 편하게 하세요, 편하게. (핸드폰을 계속하고 있다)

여자 무슨 소리에요 당장 옮겨. 이쁜아 옮겨 내가 속상해서 그래. 아저씨 내가 돈줄 테니까 당장 옮겨줘요.

남자 안 돼. 자꾸 줘 버릇하면 당연히 주는 건줄 안다고. 호의가 계속 되면 권리인줄 안다잖아. 저 산모님도 자존심이라는 게 있는데 혼자 일어서게 도와줘야지 그게 진정한 노블리스 오블리제야.

여자 그렇다면 어쩔 수 없고.

남자 오케이! 5억 땄네. (핸드폰 정리하고) 자, 몇 가지만 확인하고 돌아가도록 하죠.

남자와 여자, 소녀를 본다.

남자 영어 공부는 하고 있나요?

소녀 네. 매일 하고 있어요.

소녀, 공부하는 책들을 보여준다. 남자, 확인한다.

여자 하와유?

소녀 아임 파인 땡큐 앤드유?

여자 예스.

남자 People live have as much as they have born.

여자 뭐라구?

소녀 사람은 자기가 가진 그릇만큼 산다.

여자 곧잘 하네.

남자 야! 너두 할 수 있어. 일어도 병행하고 있겠죠?

소녀 하잇! 코노코와 와타시노 코도모데와 아리마셍 오오타리 모 코도모데스.

딜러 이 아이는?

여자 아 알아요. 소데스까.

소녀 소데스네.

남자 스고이.

소녀 아리가또.

딜러 오츠카라사마데스.

남자 태교음악은 듣고 있나요?

소녀 네.

남자 월요일.

소녀 베토벤 운명 교향곡. 라주모브스키. 열정. 월광소나타.

남자 목요일?

소녀 하이든 피아노소나타 54번. 플룻 협주곡 나장조.

남자 금요일.

소녀 금요일 차이코프스키, 토요일 송가인, 일요일 임영웅. 빼놓지 않고 듣고 있어요.

여자 오빠 일요일 장민호!

남자 하루 2회 매일 아침저녁으로 반복해서 들어달라고 요청드렸을 텐데요?

소녀, 음악을 튼다.

소녀 매일 규칙적으로 감상하고 있습니다.

남자 (음악을 느끼며) 좋습니다, 좋네요. 전복은 먹고 있나요?

소녀 네.

남자 태아의 뇌기능 향상을 위해 가급적이면 자르지 말고 스테이크로 해서 드세요.

소녀 알겠습니다. (음악을 끈다)

남자 제가 통영에서 보낸 미역이 있을 텐데. 잘 전달했죠?

딜러 네 물론입니다. 저기.

남자　선물입니다. 귀한 거니까 출산 후에 잘 챙겨 드세요.

여자　이쁜아. 저거 무지 비싼 거다.

남자　무사히 출산할 때까지 절대 부러지지 않게 조심하세요. 재수 옴 붙을 수 있으니까.

소녀　그렇게 할게요.

여자　그래 서늘한데 보관했다 꼭 챙겨먹어. 여자는 출산 전보다 후가 중요하대.

소녀　고맙습니다.

여자　고맙긴 내가 고맙지.

남자　자 그럼 저희 이만 돌아가 볼게요.

여자　이쁜아 간다, 아참, 이쁜아 근데 아들이래 딸이래?

남자　그게 뭐가 중요해.

여자　중요하지 애들하고 아기용품 공구하기로 약속했단 말야. 나 닮은 예쁜 딸이면 좋겠다.

남자　너 닮으면 또 다 손봐야 돼.

여자　오빠!

남자　농담이야 농담. 근데 궁금하긴 하네. 아들이래요 딸이래요?

여자　얘! 아들이래 딸이래?

소녀　아직 잘 모르겠어요.

여자　왜 몰라?

소녀, 들어온다.

소년 야쿠르트 배달 왔습니다!

다들 소년을 본다.

소년 뭐야 손님이 또 있었네.

남자 저 분은 누구시죠?

딜러 야쿠르트 아줌…, 아니 중국집 배달부입니다.

소년 왜 남의 신상을 까고 그래요.

여자 오빠 짱깨 맞아. 들어오자마자 짱깨냄새가 진동을 해.

딜러 어…, 그릇 찾으러 온 거 같습니다.

남자 그릇이요?

여자 딱 봐도 짱깨잖아.

딜러 아직 다 안 먹었어요. 다 먹고 내놓을 테니까 좀 이따 다시 오세요.

소년 뭔 소리에요?

여자 너 짱깨 시켜 먹었어? 오빠 우리도 짱깨 먹을까?

소년 너 자꾸 짱깨, 짱깨 할래?!

남자 야! 너 내가 말 예쁘게 하랬지. 사람 겉만 보고 판단하는 거 아니야. (소년에게 악수를 청하며) 미안합니다. 실례가 많았습니다.

소년 (무시하며) 야 참새, 이것들 뭐냐?

여자 이것들? 얘 말하는 것 봐. 오빠 얘 완전 짱아치야!

남자 짱아치?

여자	짱깨 플러스 양아치! 야 너 누구야?

소년	그러는 넌 누군데?

여자	너 어디서 어른한테 반말이야?

소년	먼저 말 놨잖아.

여자	너 누구냐구!

소년	그러니까 넌 누군데?

여자	내가 먼저 물었잖아!

소년	야, 이 인조인간 28호는 뭐냐?

여자	뭐 인조인간?

소년	코했냐?

여자	뭐?

소년	했네.

여자	야!

소년	뭐야 눈도 했네.

여자	티 나니?

소년	와 얼굴 다 뜯었네.

여자	뭐?

소년	잠깐만 균형이 좀 안 맞네?

여자	어디가? 코가?

소년	약간 콧구멍 대칭이 안 맞는 것 같기도 하고.

여자	너 의사니?

소년	잠은 잘 자냐? 잘 때 눈뜨고 자지?

여자	오빠, 나 잘 때 눈 뜨고 자?

남자　그런 거 같기도 하고

여자　나 지금 어디 부자연스러워?

남자　그런 거 같기도 하고. 그러니까 말 예쁘게 하라고. 말을 삐딱하게 하면 마음도 삐뚤어지고 얼굴도 삐뚤어지는 거야. 임 원장 전화 해놓을 테니까 낼 다시 병원 가봐.

여자　아 짜증나. 나 어떡해.

소년　아주 지랄들을 하고 있네. 정신 사나우니까 다들 꺼져. 내 집에서 당장 나가라고.

남자　내 집? 내 집이라구요?

소년　그래 내 집.

여자　뭐야 니들 지금 여기서 동거 하는 거야?

소녀　….

딜러　저 학생은 그냥 요 앞 중국집 배달부입니다.

여자　아저씨는 좀 빠져요.

딜러　네!

여자　(소녀에게) 얘 재가 네 남친이야?

소년　그래 내가 남친이다.

여자　너 지금 남친이랑 동거하는 거야?

소녀　그냥 같은 반 지인이요.

여자　그냥 같은 반 지인? 남녀사이에 같은 반 지인이 어딨어?

딜러　그냥 같은 반 지인 맞습니다. 제가 다 확인했습니다.

여자　뭐야? 아저씨도 알고 있었던 거야. 그럼 니들 둘이 다 짰니?

딜러 안 짰습니다.

남자 특이사항 발생 했을 시 반드시 구매자에게 알리기로 되어 있던 거 같은데요.

소년 구매자?

딜러 저도 오늘 알았습니다. 안 짰습니다.

여자 그 말을 어떻게 믿어? 너 우리 남편이 잘해주니까 우리가 우스워 보여?

소녀 정말 그런 거 아니에요.

소년 구매자가 뭐야?

소녀, 남자와 여자 앞에 무릎 꿇는다

소년 야, 참새!

소녀 저 정말 두 분에게 진심으로 감사하고 있어요.

여자 당연히 그래야지.

소녀 정말 감사합니다. 저한테 이런 기회를 주시고 믿어 주신 거.

여자 기회를 준 건 맞는데 믿는 건 아니고.

소년 구매자가 뭐냐니까?

소녀 후회하지 않을 만큼 정말 예쁘고 똑똑한 아기 낳을 거예요.

소년 무슨 얘기하는 거야?

딜러 잠시 자리 좀 피해 주시죠.

소년 아 씨발 좀 놔 봐! 구매자가 뭐냐구?

딜러 일종의 입양 절차입니다.

소년 입양이라니? 무슨 입양?

딜러 자세한 건 지금 말씀드릴 수 없습니다.

소년 너 미쳤어? 아직 태어나지도 않았는데 무슨 입양을 보내?

소녀 그런 거 아니니까 모르면 제발 좀 가만히 있어

소년 혼자 키울 자신 없어서 그래?

소녀 난 처음부터 키울 생각 없었어.

소년 너 조용히 해! 애가 모를 것 같아? 얘도 다 알아. 지금도 다 듣고 있다구.

남자 선생님. 지금 이 상황에 대해서 브리핑이 좀 필요할 것 같은데요.

딜러 제가 잠시 후에 설명 드리겠습니다.

소년 애 안 보내요. 다 나가세요.

소녀 네가 뭔데 보낸다 만다야. 나 공부해야 돼.

소년 공부해 공부하라고!

소녀 나 정말 성공하고 싶어. 난 돈도 없고 빽도 없어. 남들 다 쌓는 스펙도 없구 아무것도 없다구. 근데 난 지금 학교도 못 가고 있어.

소년 애는 부모가 키워야 돼. 부모가 키우는 거라고.

소녀 그러니까 부모한테 보낸다고 돈 많고 똑똑한 금수저 엄마 아빠한테 보낸다고.

여자 오빠 재 지금 우리 얘기 하는 거야?

소년 돈 있는 집으로 애 보내면 거긴 뭐가 다를 것 같애? 인생이 달라질 것 같애, 달라질 거 같냐구!

소녀　얘 말고 나! 내 인생은 달라질 수 있잖아! 내가 왜 이러구 살아야 되니? 내가 뭘 잘못했는데!

소년　네가 지금 얘 버리면, 얘는 또 버려져.

여자　버려?

소년　엄마가 애 버리면, 그 애 인생은 계속 버려진다고.

남자　버린다구요?

소년　엄마한테 한 번 버림받은 아이는 평생 아무도 거들떠 안 봐. 내가 아무리 잘하려고 해도 내가 아무리 애를 써도 아무도 안 봐준다고.

여자　오빠, 쟤 엄마가 쟤 버렸나봐.

남자　어떻게 자식을 버릴 수가 있지 이해할 수가 없네.

소년　애 안 보내요 내가 애아빠에요. 그러니까 다 나가주세요.

소녀　야! 이 병신새끼야!

소년　내가 키운다니까.

여자　저기 잠깐만 네가 애아빠라구?

소년　네! 제가 애아빠에요. 그러니까 나가주세요.

여자　오빠 얘가 애아빠래.

소녀　아니에요! 정말 얘랑 아무 사이도 아니에요!

남자　선생님. 그럼 내 정자는 어디로 간 거죠? 다른 데 갔다 파셨나요?

딜러　오해십니다.

남자　내가 병원 구석에서 말도 안 되는 80년대 야동을 봤습니다.

딜러 수고하셨습니다.

남자 그 차가운 의자에서 억지로 꾸역꾸역 쥐어짰다구요.

딜러 애쓰신 거 압니다.

남자 우리 아이가 맞는 거죠?

딜러 서류를 보시면 아실 겁니다. 모든 절차에 따라 수정과 배양을 걸쳐 이만큼 성장한 겁니다. 사장님의 아이가 맞습니다.

남자 정말 우리 아이가 맞는 거죠?

남자 그럼 우리 산모님 쉬셔야 하니까 마지막으로 하나만 확인하고 저희는 그만 가보겠습니다.

딜러 그렇게 하시죠.

남자 우리 산모님 처녀막 검사는 하셨나요?

딜러 그건 처음 계약 때 부인과 검사에 포함되어 있었습니다.

남자 네 그땐 있었죠. 지금도 있는지를 묻는 겁니다.

딜러 그건….

남자 최근 3개월 이내의 결과를 제 눈으로 확인해야겠는데요. 6조 3항, 착상 이후에 관계를 금지하는 것으로 기재되어 있는데 그 조항을 준수했다면 당연히 처녀막이 남아 있어야겠죠. 그런데 저는 지금 정황상 이 공간의 주인이라는 저 욕 잘하는 짱아치와의 관계를 의심하지 않을 수가 없네요.

소년 얘들 지금 뭐라는 거냐?

소녀 원하신다면 지금 당장 확인 시켜드릴게요.

소녀, 침대로 간다. 옷을 벗으려 한다.

소년 너 지금 뭐하는 거야. 너 지금 뭐하냐고!

남자 됐습니다. 우리 계약한 지 8개월 정도 됐죠. 여태 우리가 믿고 소통해온 시간. 전 이 시간을 믿습니다. 낭비였다고 생각하고 싶지도 않고요. 난 똑똑한 산모님이 바보짓을 했을 거라고 생각하지 않으니까요. (딜러를 보고) 선생님도 믿고.

소녀 ….

남자 하지만 후에 유전자 결과가 다를 경우. 저희의 정자와 난자를 통해 생성된 아이가 아닐 경우….

여자 고소할거야.

딜러 내일 바로 부인과 검사 진행하겠습니다.

소년 (소녀에게) 정자? 난자? 저게 다 무슨 말이냐?

남자 출산 후 유전자 검사도 부탁합니다.

딜러 당연하죠. 그건 필수 항목입니다.

남자 아니 나 말고 저 친구. (소년을 가리킨다)

여자 (소녀에게) 잘 들어. 꼼수 부린 거면 전액 환불로 안 돼. 너 부셔 버릴 거야. 손해배상금까지 전부 청구할 거야, 알겠니?

소년 이 아줌마는 자꾸 뭔 소리를 하는 거야?

여자 아줌마? 너 지금 나 부른 거니? (소년의 뺨을 때린다) 내가 어딜 봐서 아줌마야?

소녀 네 원하시는 아이. 받으실 수 있을 거예요.

여자 아, 불안한데 나 인스타에 임신했다고 초음파 사진이랑 다 올렸는데. 내 새끼 아니면 어떡해?

남자 애기야. 오빠 이제 말 좀 하자.

여자 오빠 시엄마가 3대 독자 어쩌구 하면서 올해 애 꼭 낳으라고 나한테 개지랄했단 말야!

남자 (버럭 화를 내며) 너 내가 말 예쁘게 하랬지!

여자, 얼어붙는다. 사이.

여자 (소년에게) 뭘 보니? 너 어디 가서 나 대리모 했다고 소문내면 안 된다.

딜러 사모님!

여자 뭐 어때요. 이미 우리끼린 다 알았는데.

소년 대리모?

여자 그래 대리모! 대리모 몰라? 대리 기사할 때 대리. 모는 엄마.

소년 네가 대리모야?

소녀 그래 이 사람들 정자와 난자 배양해서 내 안에 넣은 거야.

소년 !

소녀 내가 열 달 동안 품어서 대신 낳아주는 거야. 이 사람들

아이.

소년	너….

소녀	나 엄마 그런 거 아니야. 잠깐 몸만 빌려준 거지. 100일이야 딱 100일만 참으면 이 거지 같은 내 인생도 싹 바뀔 수 있어.

소년	너 머리가 어떻게 된 거 아니야?

소녀	….

소년	사람이 어떻게 그런 짓을 해?

여자	사람이니까 하지. 동물은 못해. 그런 기술도 없고 생각도 못해.

소년	(소녀에게) 너 진짜 미쳤구나.

소녀	뭐든 가진 게 있으면 팔아야 돼. 난 팔 게 그거 밖에 없더라.

딜러	정확히 말하자면 팔았다기보다는 빌려준 겁니다. 자궁을 빌려준 겁니다. 장기 매매와는 다릅니다. 장기 임대라고 할 수 있겠네요.

소년	너 바보야?

소녀	나 이 아이, 꼭 건강하게 낳아야 돼. 그래야 돈 받을 수 있어.

남자	그럼요.

소녀	난 거래를 한 거야.

소년	거래?

딜러	꼭 필요한 일입니다 저출산으로 사람이 귀한 세상이죠.

서로가 서로를 돕는 일입니다. 아이가 필요한 사람은 아이를 얻고 돈이 필요한 사람은 돈을 얻는 4차 산업혁명을 앞둔 자유 경제시장에 딱 맞는 하나의 산업입니다.

소년 지랄들 하네. 돈으로 살 수 없는 거잖아.

여자 돈으로 못 사는 건 없어. 돈이 없어서 못사는 거지.

소년 돈으로 사면 안 되는 것도 있는 거잖아.

여자 그런 게 있어?

남자 이 친구 상당히 감성적이네.

소년 사람을 어떻게 돈으로 사. (소녀에게) 네가 키워!

소녀 이 무식한 새끼야, 몇 번을 말 해! 이거 내 애 아니라고.

소년 (소리치며) 네 애야 네 새끼라고. 뱃속에 품고 있는 사람 너니까, 그게 엄마야! 네가 엄마라고!

남자 아 저 남학생 너무 소리를 지르는데요. 데시벨이 너무 높아요.

여자 응, 맞아. 애 떨어지겠어.

남자 어차피 유산하면 전액환불이야.

여자 얘 조심해야겠다. 돈 받으려면,

소년 야 이 미친 새끼들아!

소년, 의자를 들고 남자에게 달려들고, 딜러는 이를 저지한다.

소년 놔 놓으라고!

딜러 그만하시죠.

딜러, 소년을 막고 넘어트린다. 쓰러지는 소년.

여자 오빠, 근데 오빠 낳기만 하면 무조건 돈 줘야 돼? 불량품 일수도 있잖아.

남자 철저한 조사를 해 봐야겠지. 어떤 과정으로 출산을 준비했는가. 준비과정에 문제가 있을 수 있으니까. 업체 쪽이랑 우리 쪽 과실을 따져봐야지.

여자 불량품 나오지 않게 아저씨가 많이 도와주셔야겠다.

소년 불량품?

남자 별 문제 없을 거야. 인간의 몸은 그렇게 허술하게 만들어지지 않았거든. 원인과 결과가 정확해. 콩 심은데 콩 나고 팥 심은데 팥 나고.

여자 아, 콩팥!

소년 니들 눈에는 얘가 물건으로 보여? 사람이잖아 생명이라고.

남자 네 모든 생명에는 대단한 가치가 있습니다. 그래서 그만큼 대가를 지불하는 겁니다.

소년 (소녀를 보며) 그럼 얘는? 얘도 사람이잖아

딜러 그렇기 때문에 그 가치를 엄격한 기준으로 레벨을 책정하고 거래를 하는 겁니다. 구매자는 건강한 아이를 원하고 건강한 아이를 출산하기에 적합한 산모를 찾은 겁니다. 그렇기에 판매자께서는 좋은 가격을 원하죠.

소년 쓰레기 같은 새끼들. 니들 눈에는 사람이 그렇게 아무것도 아니냐? 왜! 왜 그런 건데? 왜 니들은 사람이 그렇게

하찮은 건데? 니들은 뻐꾸기새끼들이야! 지들이 품을 것도 아니면서 남의 둥지에 알까놓는 개새끼들아! 씨발! 내가 아무리 잘하려고 해도 씨팔 자꾸 욕이 나와!

여자 걔 괜찮니? 욕을 너무 많이 하네.

남자 그래서 내가 너 말 예쁘게 하라는 거야. 언어는 배움에서 오는 거야. 언어는 사람의 품위이자 인격이니까.

소년, 자신을 때리며 입으로 세어 나오는 욕을 멈추려 한다. 소녀, 소년을 붙잡아 안는다.

소녀 그만해, 그만해, 그만해 딱새야.

소년의 틱이 계속된다. 자신을 통제하지 못한다. 전하고자 하는 말이 욕과 뒤섞여 나온다.

소년 참새 이 바보야. 씨발 불쌍한 우리 참새, 썅 비닐하우스 장미 같은 우리 참새. 왜 그랬어. 씨발 아프게 왜 그랬냐고 씨발!

소년, 자신을 말리는 소녀를 밀쳐낸다. 소녀, 그대로 넘어진다.

소녀 (비명 소리) 아…!

여자 어 뭐야! 나오는 거야?

남자 아직 3개월 정도 남지 않았나요?
딜러 예상치 못한 사고입니다.
남자 지금 나오면 칠삭둥이 아닌가요?
여자 칠삭둥이? 오빠 안 돼.
남자 학생 참을 수 있겠어요?
여자 얘! 좀만 참아봐!
남자 학생 좀만 참을 수 있겠어요. 3개월이면 되는데.
여자 오빠 어떻게 해?
남자 칠삭둥이는 좀 곤란한데.
여자 얘 3개월만 참아봐.
소녀 아… 아!!!

소녀의 거친 호흡소리. 이어지는 소녀의 비명. 암전.
잠시 정적이 흐른다. 무대 밝아지면 소녀, 소년에게 기대어 있다.
소녀의 배는 홀쭉해져있다. 소녀의 품에는 타조알 크기의 커다란 회백색의 알이 안겨있다. 남자와 여자, 가만히 알을 보고 있다.

여자 이게 뭐예요?
딜러 보시는 바와 같이 알입니다.
여자 지금 이게 저 배에서 나왔다구요?
딜러 같이 보셨잖아요.
남자 무게가 꽤 나갈 거 같네요.
여자 (고개 돌리며) 아, 비린내 나.

남자　저게 뱃속에서 나왔다고요?

딜러　생각지도 못했습니다만 드물게는 종종 일어나는 일입니다.

여자　죽은 거예요?

딜러　산 것도 죽은 것도 아니죠. 아직은. 쉽게 말하자면 지금은 유정란 정도로 생각하면 되겠네요.

남자　유정란?

여자　후라이 해먹으라는 거야 뭐야?

딜러　저도 먹어보진 않아서 확답은 못 드리지만 건강식품이라고 할 수도 있겠네요. 안에 태반이 들어가 있으니까. 태반이 몸에 좋은 건 아시죠.

여자　…, 아저씨. 지금 나랑 농담하는 거야?

남자　그럼 대체 내 정자는 어디로 간 겁니까? 이 안에 있는 건가요?

딜러　글쎄요, 안에 있겠죠. 제대로 빼서 넣으셨다면.

남자　선생님, 지금 이건 비정상적인 상황입니다. 저는 이걸 제 머리로는 이해할 수가 없군요.

딜러　무슨 이해가 필요하시죠?

남자　?

딜러　콩 심은 데 콩 나고 팥 심은 데 팥 나고 알 심은 데 알 나온 것뿐입니다.

남자　이런 경우가 있어요?

여자　다른 사람들은 이럴 때 어떻게 해요?

딜러 사람보다는 새나 물고기에서 예를 찾는 게 빠르지 않을까요. 한번 품어 보세요. 깨어날 수도 있습니다.

여자 품어요? 깨어나요?

딜러 말 그대로입니다. 어미새가 알을 품듯 가만히 품고 있는 겁니다.

여자 깨어나면 뭐가 나오는데요?

딜러 글쎄요, 아이가 나올지도 모르죠.

여자 아이가 나온다구요? 그럼 당연히 품어야지. 애가 나온다잖아. (소녀에게) 그치?

소녀 ….

남자 품으면 정상적인 아이가 나옵니까?

딜러 글쎄요. 박혁거세, 고주몽 그 분들도 알에서 태어났죠, 아마? 이 알에서 아이가 태어난다면, 어쩌면 새로운 세상이 열릴지도 모르겠네요.

여자 그래서 나온다는 거야, 안 나온다는 거야?

딜러 나올 수도 있고 아닐 수도 있죠.

여자 그게 무슨 말이에요?

딜러 확률은 반반입니다.

남자 반반?

딜러 일단 부화가 되느냐가 먼저겠죠 어미의 온기에 따라 부화가 될 수도 있고 그렇지 않을 수도 있으니까요.

여자 온기라뇨?

딜러 애기는 흔히들 사랑의 기운으로 태어난다고 하죠. 사랑으로 한번 품어보시죠 고작 100일입니다.

남자 100일?

여자 100일씩이나?

딜러 100일이면 곰도 사람이 되는 시간이죠. 오늘 거래는 종료되었습니다. 양쪽 다 계약 위반하셨습니다. 직접 대면을 하셨고, 알을 낳으셨고. 이에 대한 저희의 책임은 없습니다.

딜러, 퇴장한다.

남자 비린내 난다.

여자 품어보라고 할까?

남자 버려.

여자 알을 버려?

남자 도박은 안 해. 반반이라잖아. 51대 49는 돼야 승부를 거는 거야.

여자 돈은.

남자 그냥 너 백 하나 샀다고 치자.

여자 그러니까 근본도 모르는 데다 뭘 넣고 뭘 해. 아니라니까 이런 거.

남자 그만해.

여자 나도 짜증나니까 그렇지.

남자 이게 다 너 때문이잖아.

여자 내가 뭐!

남자 네가 애 낳기 싫다며.

여자 애 낳으면 뱃살 나오고 가슴 처지고 몸매 다 망가진단 말야. 오빠 나 가슴 쳐져도 돼?

남자 안 되지. 내 손에 딱 맞게 맞춘 건데.

여자 오빠 나 뱃살 막 터져도 돼?

남자 줘 터지고 싶냐. 내가 너랑 왜 결혼했는데.

여자 거봐! 다 오빨 위해서야.

남자 네가 기르자며.

여자 애기는 예쁘니까.

남자 그래서 강아지나 한 마리 키우자니까.

여자 개는 털 빠진단 말야. 나 알레르기 있는 거 알면서 오빠 웃긴다, 나만 기르자 그랬어? 오빠도 애기 필요하다며. 내 친구가 소개해준 보육원, 거기 예쁜 애들 많던데. 가서 하나 골라오면 되는데.

남자 안 돼. 어떤 놈 씨앗인 줄 알고. 내가 말했지 People live as much as they have born. 사람은 자기가 가지고 태어난 그릇만큼만 사는 거야. 그러니까 성분 출신 DNA 이런 걸 안 따질 수가 없다니까. 어떻게 입양을 해. 어떻게든 내 안에 걸 끄집어내서 만들어내야지.

여자 지금 이건 뭐야. 저 짱아치 꼬맹이 꺼면?

남자 그러니까 버리라고.

여자 나 인스타에 뭐라 그래.

남자 뭘 뭐라 그래. 당분간 인스타 하지 마. 가자. 가다가 부동산이나 한번 들려보자. 매물 있나 보게.

남자와 여자, 퇴장한다. 사이. 공사 소리 들려온다. 남겨진 소녀와 소년. 그들 주변으로 모래더미가 후드득 떨어져 내린다. 소년, 당황한 얼굴로 주위를 둘러본다.

소녀 (힘겹게 입을 뗀다) 공사, 시작한 거야?

소년 나가자. 나랑 같이 나가자.

소녀 (공허하게) 플라스틱 주사기로 나한테 넣었어. 나는 가만히 품었고.

소년 나랑 같이 나가자고.

소녀 매일 밤 색이 없는 꿈을 꿨어. 꿈에 머리가 큰 아이가 나왔다.

소년 그만해.

소녀 어떤 날은 팔이 없고 어떤 날은 다리가 없어. 그렇게 하나씩 몸이 없어지는 거야. …, 그 아이, 그러다 결국 머리만 남았어.

소년 네 잘못 아니야

소녀 …, 쟤 나랑 닮았어?

소년 그만해.

소녀 쟤 나랑 닮았냐구?

소년 하나도 안 닮았어.

소녀 내가 괴물이니까 괴물이 나온 거지.

소년 바보야 그만해.

소녀 사람 같지도 않은 나 때문에 괴물이 나온 거지.

소년 이 병신아 넌 그냥 알 받아서 다시 꺼내 놓은 거야. 네 잘못 아니야.

소녀 내가 낳았는데.

공사소리 더 가깝게 들려온다.

소년 빨리 나가자.

소녀 불쌍한 우리 딱새.

소년 네가 더 불쌍해 붕신아.

소녀 너 그거 알아? 참새랑 딱새는 같은 과다.

소년 너 왜 나한테 왔냐.

소녀 넌 멍청한 딱새니까, 넌 내가 네 둥지에 알을 까도 품어줬을 거니까.

공사소리가 그들의 코앞까지 다가왔다. 소년, 창문으로 뛰어가 소리친다.

팔을 흔들며 목소리 높여 소리친다.

소년 여기 사람 있어요. 아저씨, 아저씨! 여기 사람 있다구요. 여기 사람 있어요!

그 사이 소녀, 조용히 숨을 거둔다. 품에 안고 있던 알이 툭 떨어진다.
소년, 그 소리에 뒤돌아 소녀를 발견한다.

소년 참새야…!

슬퍼할 새도 없이 몰아치는 공사 소음. 소년, 바닥에 떨어진 알을 본다. 조심스럽게 다가가 알을 안아든다. 그리고 마지막 힘을 다해 외친다.

소년 여기 사람 있어요. 여기 사람 있다고 개새끼들아!

그 위로 커다란 구조물들이 떨어져 덮친다. 으스러지는 공간. 무대 어두워진다.

막.

한국 희곡 명작선 153

산난기(産難期)

초판 1쇄 인쇄일 2023년 11월 20일
초판 1쇄 발행일 2023년 11월 29일

지 은 이 송천영
만 든 이 이정옥
만 든 곳 평민사
서울시 은평구 수색로 340 〈202호〉
전화 : 02) 375-8571 / 팩스 : 02) 375-8573
http://blog.naver.com/pyung1976
이메일 pyung1976@naver.com
등록번호 25100-2015-000102호
ISBN 978-89-7115-123-5 04800
978-89-7115-663-6 (set)
정 가 8,000원

이 책은 사단법인 한국극작가협회가 한국문화예술위원회의 2023년 제6회 극작엑스포
지원금을 받아 출간하였습니다.

한국 희곡 명작선

01 윤대성 | 나의 아버지의 죽음
02 홍창수 | 오늘 나는 개를 낳았다
03 김수미 | 인생 오후 그리고 꿈
04 홍원기 | 전설의 달밤
05 김민정 | 하나코
06 이미정 | 여행자들의 문학수업
07 최세아 | 어른아이
08 최송림 | 에케호모
09 진 주 | 무지개섬 이야기
10 배봉기 | 사랑이 온다
11 최준호 | 기록의 흔적
12 박정기 | 뮤지컬 황금잎사귀
13 선욱현 | 허난설헌
14 안희철 | 아비, 규환
15 김정숙 | 심청전을 짓다
16 김나영 | 밥
17 설유진 | 9월
18 김성진 | 가족사(死)진
19 유진월 | 파리의 그 여자, 나혜석
20 박장렬 | 집을 떠나며 "나는 아직 사랑을 모른다"
21 이우천 | 결혼기념일
22 최원종 | 마냥 씩씩한 로맨스
23 정범철 | 궁전의 여인들
24 국민성 | 조르바 빠들의 불편한 동거
25 이시원 | 녹차정원
26 백하룡 | 적산가옥
27 이해성 | 빨간시
28 양수근 | 오월의 석류
29 차근호 | 루시드 드림
30 노경식 | 두 영웅
31 노경식 | 세 친구
32 위기훈 | 밀실수업
33 윤대성 | 상처입은 청룡 백호 날다
34 김수미 | 애국자들의 수요모임
35 강제권 | 까페07
36 정상미 | 낙원상가
37 김정숙 | '숙영낭자전'을 읽다
38 김민정 | 아인슈타인의 별
39 정범철 | 불편한 너와의 사정거리
40 홍창수 | 메데아 네이처
41 최원종 | 청춘, 간다
42 박정기 | 완전한 사랑
43 국민성 | 롤로코스터
44 강 준 | 내 인생에 백태클
45 김성진 | 소년공작원
46 배진아 | 서울은 지금 맑음
47 이우천 | 청산리에서 광화문까지
48 차근호 | 조선제왕신위
49 임은정 | 김선생의 특약
50 오태영 | 그림자 재판
51 안희철 | 봉보부인
52 이대영 | 만만한 인생
53 박경희 | 트라이앵글
54 김영무 | 삼강주막에서
55 최기우 | 조선의 여자
56 윤한수 | 색소폰과 아코디언
57 이정운 | 덕만씨를 찾습니다

58 임창빈 | 왜 그래
59 최은옥 | 진통제와 저울
60 이강백 | 어둠상자
61 주수철 | 바람을 이기는 단 하나의 방법
62 김명주 | 달빛에 달은 없고
63 도완석 | 봄 여름 가을 그리고 겨울
64 유현규 | 칼치
65 최송림 | 도라산 아리랑
66 황은화 | 피아노
67 변영진 | 펜스 너머로 가을바람이 불기 시작해
68 양수근 | 표(表)
69 이지훈 | 나의 강변북로
70 장일홍 | 오케스트라의 꼬마 천사들
71 김수미 | 김유신(죽어서 왕이 된 이름)
72 김정숙 | 꽃가마
73 차근호 | 사랑의 기원
74 이미경 | 그게 아닌데
75 강제권 | 땀비엣, 보
75 정범철 | 시체들의 호흡법
77 김민정 | 짐승의 時間
78 윤정환 | 선물
79 강재림 | 마지막 디너쇼
80 김나영 | 소풍血전
81 최준호 | 핏빛, 그 찰나의 순간
82 신영선 | 욕망의 불가능한 대상
83 박주리 | 먼지 아기/꽃신, 그 길을 따라
84 강수성 | 동피랑
85 김도경 | 유튜버(U-Tuber)
86 한민규 | 무희, 무명이 되고자 했던 그녀
87 이희규 | 안개꽃/화(火), 화(花), 화(華)
88 안희철 | 데자뷰
89 김성진 | 이를 탐한 대가
90 홍창수 | 신라의 달밤
91 이정운 | 봄, 소풍
92 이지훈 | 머나 먼 벨몬트
93 황은화 | 내가 본 것
94 최송림 | 간사지
95 이대영 | 우리 집 식구들 나만 빼고 다 이상해
96 이우천 | 중첩
97 도완석 | 하늘 바람이어라
98 양수근 | 옆집여자
99 최기우 | 들꽃상여
100 위기훈 | 마음의 준비
101 노경식 | 봄꿈(春夢)
102 강추자 | 공녀 아실
103 김수미 | 타클라마칸
104 김태현 | 연선
105 김민정 | 목마, 숙녀 그리고 아포롱
106 이미경 | 맘모스 해동
107 강수성 | 짝
108 최송림 | 늦둥이
109 도완석 | 금계필담
110 김낙형 | 지상의 모든 밤들
111 최준호 | 인구론
112 정영욱 | 농담
113 이지훈 | 조카스타2016
114 안희철 | 만나지 못한 친구
115 김정숙 | 소녀
116 이상용 | 현해탄에 스러진 별
117 유현규 | 임신한 남자들
118 김성희 | 동행
119 강제권 | 없시요
120 최기우 | 정으래비
121 강재림 | 살암시난

122 장창호 | 보라색 소
123 정범철 | 밀정리스트
124 정재춘 | 미스 대디
125 윤정환 | 소
126 한민규 | 최후의 전사
127 김인경 | 염쟁이 유씨
128 양수근 | 나도 전설이다
129 차근호 | 암흑전설영웅전
130 정민찬 | 벚꽃피는 집
131 노경식 | 반민특위
132 박장렬 | 72시간
133 김태현 | 손은 행동한다
134 박정기 | 승평만세지곡
135 신영선 | 망각의 나라
136 이미경 | 마트료시카
137 윤한수 | 천년새
138 이정수 | 파운데이션
139 김영무 | 지하전철 안에서
140 이종락 | 시그널 블루
141 이상용 | 고모령에 벚꽃은 흩날리고
142 장일홍 | 이어도로 간 비바리
143 김병재 | 부장들
144 김나정 | 저마다의 천사
145 도완석 | 누파구려 갱위강국
146 박지선 | 달과 골짜기
147 최원석 | 빌미
148 박아롱 | 괴짜노인 하삼선
149 조원석 | 아버지가 사라졌다
150 최원종 | 두더지의 태양
151 마미성 | 벼랑 위의 가족
152 국민성 | 아지매 로맨스
153 송천영 | 산난기
154 김미정 | 시간을 묻다
155 한민규 | 사라져가는 잔상들
156 차범석 | 장미의 성
157 윤조병 | 모닥불 아침이슬
158 이근삼 | 어떤 노배우의 마지막 연기
159 박조열 | 오장군의 발톱
160 엄인희 | 생과부위자료청구소송